Para Börkur

BLUME

Título original:
Albert 2

Traducción:
Lluïsa Moreno Llort

Coordinación de la edición en lengua española:
Cristina Rodríguez Fischer

Primera edición en lengua española 2005

© 2005 Art Blume, S. L.
Av. Mare de Déu de Lorda, 20 - 08034 Barcelona
Tel. 93 205 40 00 Fax 93 204 14 41
E-mail: info@blume.net
© 2005 Frances Lincoln Limited, Londres

I.S.B.N.: 84-9801-023-3

Impreso en Singapur

CONSULTE EL CATÁLOGO DE PUBLICACIONES *ON-LINE*
INTERNET: HTTP://WWW.BLUME.NET

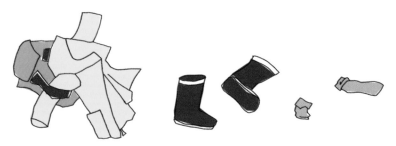

Alberto había estudiado mucho en la escuela

y se puso muy **contento** al llegar a casa.

Pero pronto llegó la hora de cenar
y no había tenido tiempo de construir su robot.

Después llegó la hora de bañarse y de lavarse los dientes,
y ya no lo pudieron salvar de la isla desierta.

Y todavía se precipitaba la catarata
cuando llegó la hora del cuento y de acostarse.

Todo se movía demasiado deprisa.

—¡Para! —gritó Alberto—. ¡Para, para, para, para!

Alberto no se fue a la cama. Quería detenerlo todo
y tener tiempo para hacer cosas.

Cuando sus padres se acostaron,
Alberto tuvo la sensación de que todo se había detenido.

Miró por la ventana.
Fuera era de noche y todo estaba tranquilo y en silencio.

Alberto empezó a pensar.

≪Estas estrellas ya estaban antes de que yo naciera,

≫antes de que nacieran mamá y papá...,

>antes de que nacieran los abuelos...,

>>antes de que nacieran los dinosaurios...>>

Pero antes de que pudiera terminar la frase,
una estrella desapareció.

Y, antes de que pudiera encontrarla,

fueron desapareciendo todas las demás.

«Quizá, al fin y al cabo, no hay nada que se detenga», concluyó Alberto.

«Quizá todo cambia. Quizá...»

Pero antes de que pudiera terminar la frase...

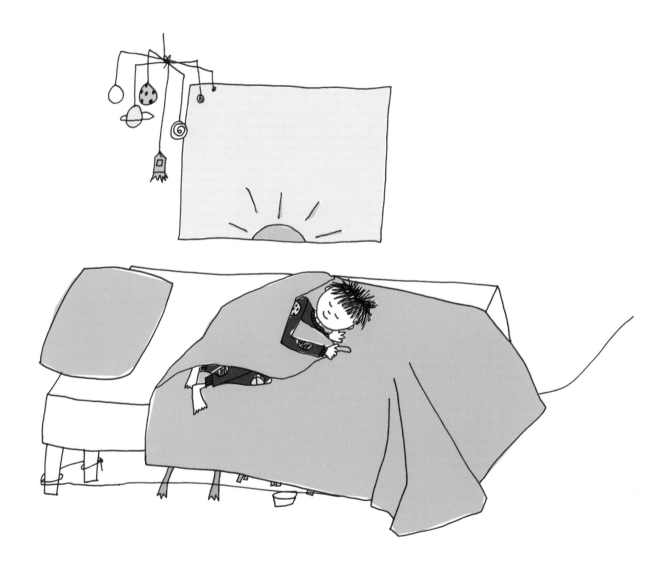